# 寂しき骨

池田理代子第一歌集

池田理代子

集英社

# 目次

池田理代子第一歌集　寂しき骨

# 父と戦争

八月十五日が近づくたびに、テレビでは、あの戦争のドキュメンタリー番組を放送する。今年はコロナ禍で異例の形にはなったが、いつもならちょうど甲子園では、高校球児たちの熱闘が繰り広げられている時期だ。

どちらも観なくてはならないと意気込む私は、この時期、慣れないビデオ収録のボタンを押すための操作で、時々パニックに陥ることさえある。土と汗にまみれ懸命に白球を追う高校球児たちの戦いが愛しいのは、彼らの姿があの戦争とどうしても重なってしまうからだ。

かつてこんな年齢の、まだ幼ささえ残る少年たちが、あの戦争に駆り出されてその命を落とした。

私は、八月十五日を甲子園球場で戦う高校球児たちの姿に、八月十五日を生きて迎えることのできなかった人々の姿をどうしても重ねてしまう自分の感傷を、哀しくも恥ずかしくも疚《やま》しくも感じつつ、テレビの画面にこの時期見入る。

そしてまた、あの戦争のドキュメンタリーフィルムの、粗い画像のモノクロ画面の中に、もしや若かりし父の姿でも見つけることができはしないかと、誇大妄想にも等しいような一縷《いちる》の望みを抱いて。

こんな私だが、若い頃はずっと、中国や南方に出向き現地の人々に辛い思いをさせたであろう日本軍兵士に対して、憤りと憎しみを抑えることが出来なかった。その思いが、あの戦争について父と語る時間を、私から遠ざけた。

父は、徴兵されて中国にも行き、そして南方にも行った。多くの日本軍兵士たちが、全滅に近い戦いを強いられた南方の島で、父は生きて捕虜となり、日本に帰ってきてくれた。そして母と結婚し、私が生まれた。

自分をこの世に生み出してもらえたというその奇跡を、年を経るごとに私は感謝するようになっている。あれほどの戦いを生き抜いて帰ってきてくれた父にも、ただただ感謝の思いしかない。

そして、何にせよ生きて祖国に帰ってきてくれた兵士たちに、ただ感謝と労りの思いしかない。

南方の戦を生きて父は還る　命を我につながんがため

行く先も知らぬ船底に命なきものと俘虜らは覚悟を決めしか

船底より甲板《デツキ》に出されし俘虜らみな眼前の富士に向かいてありぬ

戦友の声の限りに泣きしとう　この富士の山わが祖国よと

南方のいずれの島とも聞かざりき　若くとがりし娘にてありけり

戦争に行かざりしことを恥じ　戦友に遅れしことを恥ずる兵もあり

手榴弾一個ばかりの命にて　語れぬ日々を兵士は生きたり

父は、戦争で負傷もし、ある時にはマラリアに罹患《りかん》して、麻酔なしで眼窩《がんか》の骨を削るような手術もしたことがあったが、八十五歳まで生きてくれた。しかも、ハンサムで頼りがいがあり、生き生きとして磊落《らいらく》で頑固で、スポーツ万能の素敵な男として。

六十歳代で心筋梗塞に倒れ、当時はまだ珍しかった心臓のバイパスをつなぐ八時間もの大手術に耐えた。

外で躓《つまず》いて足を折り、大腿骨にチタンを埋め込む手術にも耐えた。そのリハビリのために通っていた整骨院で再び躓き、それが最後の入院となった。子供四人が交代で付き添ったが、最期の時は、偶然にも私の当番の日に当たっていた。

母も、一番父を愛していた妹も間に合わなかったのに、一番親不孝だった私が看取ることになるとは、思いもかけなかった。
そのことを、私は今でも父に感謝している。

ホームドラマのごとく甘えてみたき日も　ありけり昭和を
体現する厳父《ちち》

ただ一度父を侮辱した　鬼の如く殴りつづけた父が恋しい

父の他に男はないと分かっていた　ほかの男は息子にすぎぬ

会話なき病室に夕翳《かげ》り来て　確かに聞いた「お前が娘でよかった」

「母さんを頼む」と洒落《しゃれ》たことを言う「おう、任せとけ」と私も
応じる

密林を這いし手負いの兵たりし　父はわが腕《て》に天寿を終える

黙《もだ》しつつ骨を拾えば輝ける　チタン業火をくぐりて立てり

明日香の地に寂しく白き骨となりし　父に朝夕母校の鐘は

# 母

母を語ることは、まさに自分を語ることだ。そのくらい、私は顔かたちは父に似ながら、色々な資質を母から受け継いでいると、年ごとに実感する。

愛情深く才能豊かで、少々情緒不安定だった母は、私の手本でもあり、抑圧者であり、保護者であり、反面教師でもあった。

私にどんな才能が眠っているかと期待し、幼い頃から、集団生活にはとんとついていけなかった、駄目な子供だった私を何かにつけ一生懸命かばってくれた。

母に命ぜられるままに、私は書道やピアノを習い絵をかき、模擬テストを受けた。空想の世界にばかり遊んでいた小学生の私は、自分が何をしているのかの自覚もなかったが、書も絵も、市長賞を取ったり特選を取って美術館に展示されたり、模擬テストでは区で一番の成績を取ったりする私に、母は「夢中だった」と後年語っていた。

敗戦後の食糧事情の悪い時代に、物乞いに来る人があれば必ずおにぎりと小銭を少々渡していた母。私が三十五歳を過ぎても病院の診察に付き添ってきて、医者からたしなめられていた母。信頼していた男性に騙《だま》されていたと分かって、「死んでやる」と泣く私にしがみつきながら「あんたがどうしても死にたいなら、一緒に死んであげるから」と叫んでくれた母。

何回結婚しても、耐えがたく辛くなるといつも「お母さん」と泣いていた私。

妹が或る日電話で「理代子さんは、ファザコンじゃなくて、本当はマザコンなんだね」と言ってきたことがあって、はたと腑に落ちる思いがした。

私の創作にまであれこれと口出しをした母だったが、八十歳を過ぎてホームに入ってからは、私のことは「『ベルサイユのばら』をかいた人」という認識しか抱かず、そのことは周囲の人にも自慢だったようではあったが、私自身に対しては、明らかに疎《うと》ましさに近い感情を示すようになった。週に一、二度ホームを訪ねても、私と二人きりでいるのが居心地悪そうにして、会話もそこそこに「早く帰ったら?」と促すようになった。

八十九歳で亡くなった母の胸中には、私に対するどんな思いが去来していたのだろう。

私のように、仕事をして生きる人生が憧れだったとよく口にしていたが、母の自慢の種であった娘はまた、母にとって最大の親不孝者でもあった。

復員の父は新妻を疑へり　十月十日《とつきとおか》に足りぬといいて

カラメルを焼くとき母はいつも言う　父さんと結婚できて幸せと

父母《ちちはは》はあっけらかんと語りたり　天皇《すめらぎ》人となれる日のこと

何もかも母の敷きたるレールなりき　漫画もピアノも歌も大学も

ただひとつ母の期待に背きたり　自慢できない私の容姿

あれほどに子を慈しみ子を抱きし　母が見知らぬ人となるとき

ほかの子が可哀想なくらいあんたには　夢中だったと母は悔やめり

コラーゲン毎日飲んで元気ですと　母はハガキに嘘を書きたり

亡き母の遺品を見ればコラーゲン　山の如くに積まれてありき

## 短歌を詠《よ》む

初めて短歌を詠んだのは、中学生の時だった。当時の国語担当の女性教師から、私は「ものを書く」ということの素晴らしさを教えてもらって、小説から詩から短歌から、手あたり次第に書いてはその先生に見て頂いた。私の短歌の中から何首か選んで、地域の文芸誌に投稿してくれたのも、その先生だった。

初めて自分の歌が二首文芸誌に掲載された時は嬉しく、その二首のことは、五十五年以上を経た今でも鮮明に覚えている。

手賀沼の濁りし水の面の葦のかげ　赤きボートの一、二隻見ゆ

はつらつと客を迎える母の声　見知らぬ人の衣擦れさやかに

現在の私は、俵万智さんなどと一緒に、『河野裕子《かわのゆうこ》短歌賞』の選者の末席に連ならせて頂いており、同時に、夭折された河野裕子さんのご主人で、高名な科学者であり歌人である永田和宏先生のご縁から、『塔』という短歌会に所属させて頂いている。

かつて、三十年くらい前には、佐佐木幸綱氏の『心の花』に所属していた。しかしその頃、掲載されている同人の方々の歌がどれもみな眩《まぶ》しく、加えて驚くべき遅筆であった私は、一度も歌を投稿することもなく、自然消滅的に同人を辞めていくこととなってしまった。

今現在も、『塔』誌には、残念ながら一度も投稿していない。

毎月送られてくる同人誌を時間のある時に読みながら、やはり同人の方々の歌を、眩しく気後れする思いで味わっている。数か月に一首、自分の気に入るような歌が詠めればいい方で、ひどい時には一年以上何もひねり出せないこともある。

こんな私であるので、一年に一回の短歌賞の審査も、ひたすら応募作を楽しみながら読ませて頂くということに徹して、勉強させて頂いている。まあしかし、それでも審査員であるからには一応偉そうに、選評もしなくてはならない。申し訳ない気持ちでいっぱいだが、この短歌賞のお陰で、少しずつ歌を詠むということに積極的に向かえるようになっているのは間違いない。自分の歌の欠点もよく見えるようになってきた。

たまには永田先生にお褒めの言葉を頂く歌も出来上がる。これからもゆっくりと、自分に向き合うように歌を詠んでいきたいと思っている。

子を容れる器ともならず恋をして　のっぺらぼうに老いてゆく我

子をなさぬ我にをみなの他意もなく　「本当に女?」笑ひつつ聞く

作品は男ものこす　我はただ　女に生まれた理由《わけ》を知りたし

自死ならば晩秋の京都と決めていた　恥多かりし愛《かな》しき思春期

ファンデという言葉も知らず年上の　ウェイトレス*に笑われし十八の秋

*十八歳で思うところあって家出を敢行した私は、喫茶店のウェイトレスから自活を始めた。

セクハラと何を今頃騒ぐのか　生きている限り口にはできぬ

憂きことのわたしにばかり寄り来ると　思える日には紅茶を淹れよう

秋晴れを貪りつ寝る　吾《われ》は寝る　世事にも命にもただ背を向けて

人知れず咲く野の花に惹かれおり　世間の人は薔薇をくれるが

師の君の歌集に我が名詠まれおり「書きなさいよ」と励ます如く

灯《ほ》の影にをのこらは談論風発す　をみなわが身は寂しからねど

駅*の子よ地下道の子よ　如何様《いかよう》に生きしか世間を恨んではいぬか

*高校に通っていた頃、上野の地下道には、まだそこに暮らしている人たちがいた。

ようもなき歌のみ詠みし来し方を　な哄《わら》いそ　この寂しきすさび

# 山と私

高校生の頃から、山歩きが好きだった。何度か遭難し、野営をしたこともある。といっても私の歩く山はせいぜいが二千メートル級の山で、登山などというのもおこがましいくらいだ。山に登る人は、頂上近くの、植物も途絶え岩でごろごろしている付近になるとわくわくした気分になり、山頂に立った時に周囲の光景を見渡すのが無上の喜びだというが、私にはその喜びは分からなかった。

五十歳くらいになって漸《ようや》く、自分は山を歩くというよりは、山に至る森林を歩くのが好きなのだと分かった。日に透ける葉、湿っぽい日陰の倒木に生息するきのこ、何か名前も分からぬ赤い木の実、頂上近くにひっそりと咲く花、そういったものを眺めながら歩くことに無上の喜びを感じるのだった。それが分かって以来山登りをすることはなくなった。

とはいえ、谷川岳、乗鞍岳《のりくらだけ》、岩手山《いわてさん》など幾つか制覇した大きな山のことはやはり忘れ難い。

ふみわけし山路を今し霧閉ざし　覚えず散らす萩のしら露

頂きは近しと聞けど君よりも　吾《あ》よりも高き萩のひと叢《むら》

「ほらまた」ときみが示せしりんどうの　青のみ目に沁む岩手山なり

下り来てまた仰ぎ見る乗鞍の　山容《すがた》正しく蒼空を切る

白銀の彼方に望む槍《やり》穂《ほ》高《たか》　われ乗鞍の肩にぞ立てり

雨風に逐《お》わるるごとく下り来て　泥流はやき山を愛《かな》しむ

やまあざみ　萩　おみなえし　ふじばかま　山は楓《かえで》に時あらぬらし

秋長《た》けてきみ宿りせる山小屋に　頬紅き日の吾も訪ねき

我を離《さか》り君は谷間に宿りする　その雨の音この雨の音

# 旧西ドイツにて

外国に留学をして勉強したいというのは、ごく若い頃からの夢だった。

最初に入学した東京教育大学（現・筑波大学）では哲学科に入ったが、とにかく入学早々から学内ストライキがあり、やがて機動隊導入にまで至って、落ち着いて勉強ができなかったのと、自活のために漫画の仕事を始めていたので、なかなかまとまって何年間という時間を割くのが無理だった。

歳と共に、その夢は諦めるしかなくなっていたが、せめて、数か月の語学留学だけでもしたいと焦り始めた。

三十七歳の時に、旧西ドイツのゲーテ協会に入学して、ホームステイをしながら四か月だけドイツ語の勉強をした。大学では、マルクスやヘーゲルなどの原書をテキストとして読んでいたので、一応のドイツ語の基礎はあったけれど、日常会話となるとからっきしで、始めは初級Ⅲというクラスから入って、それから中級に進んだ。当然すべての授業がドイツ語で、街へ買い物に出てもドイツ語、ホームステイ先でもドイツ語、中級になると、クラスメイトを引き連れて街の史跡を観光案内よろしく解説するのが授業の一環という生活は、刺激的で満ち足りており、もうそのまま日本に帰るのをやめてドイツの大学に入ってしまおうかとも考えて、ミュンヘン大学の入学要綱を取り寄せたくらいだ。

ゲーテ協会のクラスには、十代から五十代までの様々な国籍の人々が、主に西ドイツで働くための〝ツェアティフィカート〟つまりドイツ語の修了証書を取るために勉強していた。これがないと外国人は西ドイツの企業に就職できないのだった。

当時多くの外国からの移民を抱えていた西ドイツ政府が、彼らのために始めた半官半民の語学学校だということである。

「言葉が話せないと、女性は売春に、男性は強盗に走ってしまうからね」と、クラスの担任の教師が、冗談ぽく笑いながら話していたのをよく覚えている。学校生活だけでなく、ホームステイ先も厳選して紹介してくれ、また、そういう学生を色々な意味で支援してくれる家庭があった。映画館や劇場、図書館などの文化施設は、ゲーテ協会の学生はすべて無料で、そういった方面での支援も充実していた。外国人労働者を本格的に受け入れなくてはならないこれからの日本も、是非学ぶべきシステムだろうと私は思う。

テキストには、「ナチスドイツ」の犯罪に触れた章もあって、私は驚いたものである。覚束《おぼつか》ないドイツ語で「何故《なぜ》、ドイツ人にとってなかったことにしたい過去の歴史をここに書くのか」と尋ねたことがある。日本では絶対にありえないことである。

先生は静かに、しかしきっぱりとおっしゃった。「この歴史は、忘れることなく後世に伝えていかねばならないからだ」

＊
ローテンの修道院に新しき教本開く　その仄明かり

＊ローテンブルクは正式には、ローテンブルク・オプ・デア・タウバー（タウバー谷の上のローテンブルク）と云うが、私たち学生はローテンと呼んでいた。

隈々《くまぐま》にしばし淀みて去りゆきし　若き修道士の声聞く心地す

荷を解かず宿の主より目をそらす　あのホロコーストを知りし人かと

今のことは知らないが、当時西ドイツの子供たちは学校へ上がると、授業の義務として、ホロコーストの行なわれた収容所跡を見学させられた。

果樹満つる庭とルドルフ・ヘスの言ふ　収容所跡に子ら声ひそむ

良き市民良き父親であったとう　ヘスの自伝のいまも書架にあり

内戦を嘆きいたりき　ユーゴへの帰還は無事に果たせるや君

「僕たちは友達でーす」と肩を組み　イスラエルとパレスチナの
　友は笑いき

級友の広げし地図に日本はあらざりしかも　最果ての祖国よ

# カンボジアにて

一九九六年に、カンボジアへの旅をした。

一九七九年に、ポル・ポトによる知識階級への大虐殺が終わってから十六年が経っていて、まだかの国は、その傷跡からの復興の途上だった。

主たる目的はアンコールワットの遺跡を訪ねることだったはずなのだが、私の脳裏には、ホロコーストの傷跡の方が強烈な印象として残っている。

収容所跡も生々しく、街には、地雷で傷ついた無数の子供たちの姿があふれていた。教師、芸術家、学者などの知識階級がほぼ悉《ことごと》く殺されてしまったこの国は、いまだに、指導者不足に悩んでいるという。

歴史はときに、身の毛のよだつような怪物を支配者として生み出す。それを生み出すものの正体は何か、私はいつも考えざるを得ない。

土熱き市ざわめけるとつくにの　収容所跡の紅蓮の火焔樹

うずたかく積まれてありし人骨の　声なき声のいまもくぐもる

片足のなき子もありぬプノンペンに　もの乞う子らの眼窩冥《くら》しも

人の世の涯《はて》のいつまで続きいて　もの乞う子らは蟻のごと湧く

# ポル・ポトの狂気の名残り今更に　教師が足りぬ現実を聴く

# 老いと向き合って

どんな人間にも、いや、どんな生物にも、確実にやって来る「老い」を目前にして、人は痛ましいほど取り乱す。「老い」を我がものとして、従容《しょうよう》として受け入れることは至難の業だ。

しかし、老いを嘆いている間に、今度は嫌でも「死」に直面せざるを得なくなる。

「老いて死ぬ」ことは、「生きる」ことと同義語である。

人間以外のあらゆる動物や植物が、何と従容としてこの「老いて死ぬ」必然に身を委ねていることか。どうすればそのような境地に至ることが出来るのか、自然の中に身を置くほどに、人間以外の動物から学びたいと真剣に思う。

それでも尚、信仰を持っていてさえ尚、「死」はまだまだ怖い。

二十五歳の若い頃、『ベルサイユのばら』の中で、オスカルが死を目前にして亡きアンドレに問うシーンを描いた。

「苦しくはなかったか？　死はやすらかにやってきたか？」

あの当時でも、私にとっては真剣な問いかけだった。六十代では何故か、老いや死に対して居直れたつもりでいたが、七十歳を越えた今になって、まさに一層切実な問いとなりつつある。

多くの先人たちの生の終え方を学んでも、やはりまだ「老い」も「死」も怖い。あと何年、こうして嘆きながら生きることになるのだろう。

のこされた時間の貴重さが、日に日に身に沁みつつある。せめて、時間を無駄には過ごしたくない、と思う。

いかように繕いみてもただ老いは　醜きものよ我でなくなる

美しき老いなどないと知っていて　あほらしく語るインタビュアーに

数の子の弾めるいのちの皮をむく　またかくて旧き年を越さむと

うつぎ花咲きに咲きけり　抗がんの治療はじむと友は書き来ぬ

老いの身の不具を夫になじられし　友はふわりと自分を辞める

生きるにも　辞めるにもまた体力がいる　ああしんどいと
声おのずから

低気圧の来ればしみじみ痛みおり　わが身のうちのあまたの骨が

ざんばらんと　いとどしき老いの髪にくし　漁《すなど》るごとく絡み絡みて

あのこともこのことも今老いてわかる　義母の寂しき笑みの理由が

白き服　乙女の如くそっと纏《まと》い　白き花摘みに行きたし我も

ミクちゃんと呼ばわる声に答《いら》へせる　老女が笑まひ幼なのままに

皆なべて暗き顔にて溜息を　ひとつ漏らせる真夜中の浴場《ふろ》

息ひとつ吸いてこの世に生まれ来る　ものみな息を吐きて逝くなり

大いなる生を終えるとき息ひとつ吐くらしと聞く　命おしみて

バス停を四つ歩いて買い物す　私の骨を陽にあてるため

侮れぬところまで生きてきたという　友は歯を抜き入れ歯となれり

人間の本質は嫉妬と看破せる　信心篤きその人にして

平成から令和へ元号が変わった日に。

平らかに成れるとう大御代の　天災多く今逝かんとす

止むことのなき海鳴りよ　轟きて　私はもうすぐ生を終えるか
やがて来る目覚めぬ朝のためにこそ　いざ紅さされ眉を描かめ

黄金の風切り羽根の水平に　また垂直にトンビ飛翔す

# 若者たち

「池田理代子は、もう七十歳を過ぎた婆あらしい」とどこかに書いてあった。書いた奴はきっと若者だろう。「そうだよ、七十歳を過ぎたよ、お前らもいずれ歳取るんだよ」と、心の中で悪態をついてみる。七十歳過ぎるまでに、悔しければ何かを遺してみろ、とも。

とは言いつつ、私が長い間住んでいた東京の南青山あたりには、けっこう素敵な若者たちが多かった。こんな生きづらい世の中で、本当に気の毒だとは思うが、彼らならそれなりに、素敵な老後を迎えるのではないだろうか。そんな気もしている。「しなやか」という生き方の形容はあまり好きではないが、若い力士でもテニス選手でも、アメフト選手でも、この頃はみんなしなやかで能力が高い。

ちなみに、「弱冠」は「二十歳」そのものの古称だが、この頃では、アナウンサーでも平気で「弱冠十五歳」とか「弱冠三十歳」などと言う。ひどいのになると、「若干二十三歳」なんて書いてあったりする。言葉は、かくの如くに世につれて変わっていく生き物なのだろう。

でもまあ「若干二十三歳」はまだ勘弁してほしい。

戦いにいでてみたしとをのこらの云う　あはれ現世の平和に倦みて

唇の紅《あか》きモデルが闊歩する　素足に下駄で南青山

古着屋も八百屋も金物屋も揃ってる　ブランド店の並ぶ青山

「不寛容の社会だ」と言い若き子らが　花屋の店先に紫陽花もとむ

幾億の言葉飛び交うネット上に　ひとは会話しあっているのだろうか

宇良という若い力士が、初めて関取となって土俵に上がった日に。

桜色の真新しき締め込みで　蹲踞《そんきょ》せる子の筋の美し

大いなる息吐きいたり土俵上に　仁王立ちせる子の面《おも》すがし

琴ノ若を継いだ後の初めての土俵で。

父の名を　四股名《しこな》と継ぎし若き子は　言葉少なく何かに耐えおり

芸術と言えば聞こえはいいけれど　たつきとならず
若きらは老いゆく

酒二合鴨せいろ一枚と漬物で　若き女性が文庫本読む

日大アメフト部員の違反タックル事件で。

マスコミをひたと見据えて会見す　アメフト選手はまさに弱冠

育休を取れば仕事もなくなるに　出生率低下など嘆くなる

保育所に子供を預ける悪を謂う　出生率低下を嘆く政府が

出生率低下は女の学歴が上がったせいと　大臣語りき

# 初恋の頃

石川啄木の「砂山の砂に腹這《はらば》ひ　初恋の　いたみを遠くおもひ出《い》づる日」は、初恋を詠った最高傑作のひとつではないかと思う。越谷達之助《こしたにたつのすけ》という作曲家の、これまた絶唱にふさわしい名曲がついていて、私なども、コンサートではよくこの歌を歌わせて頂く。

何十年となく歌っていても、難しい歌だ。聴衆にとっても、初恋というテーマは特別なものだと思うからだ。

私はよく、「創作の源泉は?」といったことをインタビューなどで聞かれることがある。それはもちろん色々あるのだろうけれど、まず、閉じ籠って、或いは群れから離れて、自分だけの空想の世界に浸る時間を持つことは、創作において必須条件ではないだろうか。私がそのようになった大きな原因は、容姿への劣等感だったろうと思う。妹や、ごく親しい少数の友人たち以外とは、話すのは基本的に苦手だ。まして初対面の人には、すぐに目をそらして逃げようと身構える。そんな私と初めて対面する人は「お高くて、嫌な女」だと思うらしい。

ま、嫌な女には違いないが、決してお高いわけではない。極度の人見知りなだけだ。

それは、生まれついての性格もあったかもしれないが、やはり小さい頃から「不細工だ」と言われ続けたことに、大きく起因している。

そんな、不細工で人見知りでのろまで、ただ学校の成績が良いだけが取り柄のような私に、中三の時に、近づいてきてくれた男子があった。背も高く、スポーツ万能で、前髪サラサラの、今でいう「イケメン」で、しかも生徒会長だった。

たまたま民間の主催する模擬試験の成績優秀者が、次の模試を無料で受ける権利があるとかで、教室に何人かが集められた時に、女子は私一人だったことから、口を利くようになった。いや、向こうから話しかけてきたのだ、不思議なことに。

私は、ひどくつんけんしていたと思う。こんな人と一緒にいるのは、気詰まりで仕方なかった。「きれいな人はいくらでもいるのに、どうして私になんか」という思いで、どうしても素直になることが出来なかった。

でも、いつの間にか放課後になると音楽室に連れていかれ、そこで素晴らしいスピーカーによる「ステレオ」のクラシックを聴かされ、コンピューターについての講義を聞かされ、数学などの「別解」があることを教えられた。コンピューターは二進法で成り立っているのだということを初めて知ったのは、その時である。

暗くなるまで音楽室に入り浸っている我々のことは、いつしか教員室でも問題になり、担任から注意もされたりしたが、二人で笑い飛ばしていた。

色々な世界を教えてもらったにも拘《かかわ》らず、彼に対して常に反抗的な態度をとり、やがて別れを告げて行った私のことを、相手はどう思っていたのだろう。「どうして私になんか」という劣等感から抜け出せなかった私は、後年、五十歳を過ぎて初めて、パソコンを持ち「二進法」の世界に踏み入ったとき、最初に彼の名前を検索してみた。

ヒットしたそれは、「訃報」であった。

二進法の世界に踏み入り　初めての情報初恋の人の訃報

別解も二進法もステレオも　君が教えた暗き音楽室

教員室ではすでに問題になってるらしと　ふたり笑い交わせり

話すのはただ一方的に君ひとり　われはただ聞く知らぬ世界を

顔もよしスポーツ万能神童と言われた君を追った訳ぢゃない

おしなべて素直になれず不器用で　胃の痛かりし中三の恋

ああ、あの夜《よ》　雨音しきる境内にただ見つめあっていた
それが総《すべ》てだった

髪も顔も制服も靴も濡れそぼち　病葉《わくらば》の香となりたる私

今ここで我を攫《さら》えと叫んでいた　思いとは違う別れ告げつつ

手も触れず唇にさえ触れぬ初恋の　痛みの今も胸に残れり

高校に通う列車の車両まで　君は調べた我を捕えに

目の高さに上高*のバッジ眩しかり　ただ黙しつつ四十五分

＊当時の名門、都立上野高校。

「なぜ話さない」「なぜ私なの」繰り返し　四十五分の車窓見ており

高架なる列車の轟音に紛らせて　君は告げたり我を愛すと

愛などと　たかが高一が噴飯と顔ゆがめれば涙落ちてあり

高一は女教師をＧＦに　しているらしと告ぐる奴あり

「遊んでる」の意味しらざりき　「私はね遊んでいるの」と
稚《おさ》なき見栄は

今ならばもっと素直に語り合えた　稲荷神社のあの夜のこと

# 猫を看取る

成人し親の家を離れてから、何匹かの猫を飼った。人生を共にしたという実感のある子は三匹で、その内の二匹はそれぞれ二十年前後の歳月を共にした。変な話だが、生活を共にしたどの男よりも長い時間を共有して暮らした。

一匹目の子は、二十一歳の時に浴槽で溺れるという事故にあい、多分あのまま生きてくれていたら優に二十七歳くらいまではいっただろうと思えるくらいに、まだまだ元気だった。

二匹目の子は、大阪の保健所の前に捨てられていて、あす殺処分というところをＮＰＯの方が引き取り、私のもとに連れてきてくださった。洋猫と日本猫の雑種で、うちに来てくれた頃の私は、音楽大学に通っており、あまり構ってやることもできなかった。そのせいだろうとは思うが、向こうも私に（というよりも、人間そのものに）あまりなついてはくれなかった。

しかし、その子の晩年十年間は、新しく同居を始めた家人がそれこそ舐めるように可愛がり、徐々に人間に心を許す子になっていった。こんなに人に甘えたかった子だったのだと、目を見張る思いだった。

十八歳頃から、明らかな老いの兆候を見せ始め、それまで猫を介護して看取ったことのなかった私は、ちょっとしたパニック状態に陥ったものである。

　或る日目覚めた時、部屋の隅で自らの排泄物にまみれ、立ち上がることもできない状態になっていたこの子の、私を見上げる悲しそうな目を、これから先も一生忘れることはないだろうと思う。家人がすぐさまに抱き上げ、身体を洗ってやった。

　それから、もはや猫用トイレにまたいで入る力も残っていなかったこの子のために、ペットショップを回って猫用のおむつを探してきてくれた。おむつは、この子にとっては決して快適なものではないと分かってからは、部屋中にペットシーツを敷き詰め、自由に歩かせるようにしてくれた。ものを噛んで食べる力の残っていなかったこの子のために、あれこれと流動食を探し回ってくれたのも彼だ。

身体を温かいお湯で洗ってやると、気持ちがいいのか、大きい方の排泄もしてしまうこの子に、「いいんだよ、頑張っていっぱい出せよ」と声をかけ、その排泄物を自分の手で受け止めてくれた。

いよいよという時が訪れたのは真夜中で、通っていた動物病院から予め紹介されていた二十四時間対応の救急病院へ、これも家人が運転して連れて行ってくれた。私は取り乱して、ただこの子の名前を呼ぶばかりだった気がする。

最期は、人工呼吸器につながれてICUのガラス箱の中に横たわっていた。その様子はあまりに辛そうで、見ていられなかったが、つかのま、自力呼吸を取り戻し、はかない希望も抱かせてくれたりした。名前を呼ぶと、答えるかのように、点滴につながれた力ない前肢を動かして見せてくれた。しかしまたすぐに呼吸がやむと、同時に、心臓が停止した。

数分の心臓マッサージの後に、二人で泣きながら延命治療を終了していただいた。

あの人工呼吸器につないで命を長らえさせた数日のことは、今でも時折、恨まれているのではないだろうかと、私たちの話題に上ることがある。

看取りに付きまとう永遠の課題だろう。

老い猫の息吸いおればひゅるひゅると　わが耳元にいのち名残れる

スポイトの命の水を含みをり　老い猫の背の寂しき骨が

手のかかる子にてありけり二十年　悪いが今少し生きてくれぬか

真夜中の動物病院のガラス扉《ど》を叩き呼ばわる　人目ははばからず

行きずりの人の携帯奪い取る如くに借りて救急医呼ぶ

オペ台に横たわる子の時折に　息ひとつ吸い涙こぼせる

ＩＣＵとうガラスの箱に横たわる　子の名を呼べば前肢をあげぬ

眼を閉じよ　見るべきものの何やある　骸《むくろ》となりて我を恨むか

花籠を最期の褥《しとね》と寝ておりぬ　業火に焼かれるその間際まで

たかが猫一匹でしょうと笑いたる人もありけり　我の嘆きを

魚も虫も　命あるものの眼のすべて　喪《うしな》いし子に見らるる心地

灰となり家に帰れる子の部屋の　深き洞《ほこら》に足すくわるる

# 最後の恋

　彼と出会ったのは、私が六十歳の時、オペラの稽古場でだった。他の出演者たちから離れ、一人不貞腐《ふてくさ》れるように床に座っていた姿が気になった。

　私は、その時一目で恋に落ちていたのだろう。このような歳になって、ありうべからざることだった。年齢を尋ねると、何と私より二十五歳も若いという。恋で辛い思いをする人はこの世に多いだろうけれど、あれほどの絶望に打ちのめされたのは初めてのことだった。

来る日も来る日も、身をよじるようにして泣きながら、はじめて神を恨む言葉を口にしていた。

「友達でいよう、年上の友人として、食事に行ったりオペラに行ったり、共に人生を楽しめばそれでいいではないか」と自分に言い聞かせ、暫《しばら》くの間そのようにして会っては、玄関前でのさようならを繰り返し、部屋に駆け込んでは泣いた。

ある日とうとうその苦しさに耐えられなくなって、彼の前から姿を消した。電話にもメールにも、いっさい応答するのをやめた。「人の苦しみも知らず、二十五年ものんきに遅れて来やがって！」と逆恨みさえした。

あまりに続く相手からの電話とメールに、我慢ならなくなって、もうこれでお終いにしようと、私はすべてをぶちまけた。

「私はね、あなたが好きなのよ！　友達でなんかいられないくらい！」

一瞬間《ま》があって、「僕もあなたが好きですよ」と返ってきた。

「今頃何を」と驚いたような口調だった。

本当の地獄のような苦しみが始まったのは、その時からである。

私は猜疑心に苛《さいな》まれ、いつ捨てていかれて若い女に走られるのかと、来る日も来る日も、起きてもいない現実を想定しては相手を責め続けた。追い詰められて、私を見る彼の目からこぼれ落ちる涙を、今も忘れることはできない。今思い出せば大仰な痴話げんかだが、二人で真面目に心中しようと相談したことさえあった。

それからもう十二年の歳月が流れようとしている。

私などと一緒になって、むしろ本当に辛い思いをしたのは彼の方だったろう。仕事仲間から、「何を目当てに」とか「お前の家庭なんか、電話一本ですぐに壊してやれる」などと言われ続け、十年を過ぎて漸《ようや》く、誰も何も言わなくなった。

考えてみれば、ああいった言葉はみな、私の心の猜疑を映し出す合わせ鏡だったのだろう。

いつかこの若い人を解放してあげねば、と、その時を想定しながら、一人の老後をシミュレーションしていたが、その彼も、もう四十七歳の立派な「おっさん」になった。私はといえば、七十二歳の立派な老女である。

あの頃の大騒ぎを時々笑って回顧しながら、今は現実的な看取りの相談などをしている。

オペラ歌手の仕事というものは過酷だ。大変でない仕事などこの世にはないのだろうが、ミュージカルやポップスの歌手と違って、二千席を超えるような大劇場でも、マイクの力を借りることなく、自分の持っている身体と声だけで勝負しなくてはならない。その身体が出来上がるまでには、学校を出てからかなり長い歳月を要するし、時には楽器である喉そのものを痛めてしまう人も少なくない。

何よりも、今はやりの細い体形などとは無縁になってしまう。あのマリア・カラスも、三十キロの減量をして、体形の美と引き換えにオペラ一演目を最後まで通して歌う力を失い、後年舞台を途中でキャンセルするということが多くなった。

たった二分で終わってしまうような短い歌曲一曲を、五年、十年とかけて磨いていく過程を、私は気高いとさえ思う。

人間は　矛盾の中に漂へるひとひらの花と書きくれしひと

文化庁の学校公演で全国を巡回していた途中、宇治に寄って源頼政の話をして。

いにしえの武士《もののふ》も見し宇治の月　いく世へだてて君をとらえぬ

受話器より漏れ来る声のかそけくて　深きしじまに耳そばだてぬ

友情の恋となれるを胸に秘め　開幕ベルを君と聞きをり

秋空に吸わるるごとき霧降《きりふり》の　高き露台の「山のレストラン」

きざはしを降りればきみの待ちませる「うかい鳥山」ほの黄昏《たそがれ》て

私の前を歩く彼の肩に、トンボがとまっているのをみつけて。

陽の似合う健やかにして大きなる　広き肩にぞ秋は来にけり

詮無さの降り積む音を聞くごとく　くぬぎ林に時雨する聞く

艶《あで》やかに深く気高きバリトンの　Ombra mai fu　飽かず聞きおり

文化庁全国巡回公演に出発する日に。

きみを送る　師走の風に君を送る　愛《めぐ》しわが子を手放す如く

旅の風　せめて優しく吹きわたれ　わが若き友の夢な破りそ

この空の果てに君あり　面影の疾風《かぜ》ともなりて我に訪《と》い来よ

瀬戸内の春の光をまといつつ今わがもとに君かへり来る

青春は短ししばしの輝きと　汝《な》が横顔にまなこ奪わる

ただ白き光となりてわがあらむ　君のすべてを抱《いだ》かんがため

幾たびか君をあきらめ書きたりき　書きて捨てにき訣別《わかれ》の手紙

黒き波ののたうつ海辺の部屋にありて　逃れ来しものの
すべてを思う

いにしへの岩に堰《せ》かるる滝川の　割れての後の恋やいかならむ

大いなる君がみ胸に頬うずめ　疾《と》く確かなる鼓動を聴けり

わが君と心に決めしかの夜の　夢ともまごう淡きくちづけ

理《ことわり》も倫《みち》も時間も絶えよかし　このくちづけぞ命なりける

かかる恋　かかる君にぞ巡りあいて　還れぬ道にいま踏み入りぬ

かの腕もかの唇もまぼろしと　離《さか》りて今朝は危うき現せ身《うつせみ》

悠然と二十五年を遅れ来て　我を愛すとなど君のいう

終焉を見つめておれば始まりの　恋の日々にぞ打たるる心地す

この駅できみは泣いたね　あの日から　この身の限り愛さむと誓ふ

つつましき石にはあれど宝冠なり　わが指の戴冠こころ華やぐ

指に光るかくまで深き紅玉の　燃ゆる思いを君に届けむ

寒梅の冷たかるべき蕾《つぼみ》さえ　汝《な》が手に抱かれほころぶものを

わたくしの生を負わむと若さゆえ　無知ゆえ君は阿呆なこと言う

この人をいつ手放そか曼殊沙華　風に揺れても屹立してる

彼が初めて大舞台で『リゴレット』のタイトルロールを歌った日に、死にかけていた仔猫を拾ってしまい、こっそりと客席に連れ込んで抱いていた。

「今日中に死にます」という盲《めしい》たる　仔猫を抱きて『リゴレット』聴く

ついてない人ねと言葉にせしのちに　無言のままに夕餉《ゆうげ》を囲む

食パンを　焼けば実家のものでない　私の家庭のにおいがする

朝ごとに食卓のラヴレター増えたりき　十年《ととせ》も過ぎぬ平成も逝きぬ

隠遁を肯《うべな》うといえど君はまだ　四十も半ばだ　働き盛りだ

ああ海が　崩れつ湧きつ今頃は　オーケストラと歌っているか

「いいよいいよ　全部俺がやるよ」と言っていた人が　「どうせ俺が
やるのだ」という日あわいの日

わたくしと同じ愚かしさを持つ人よ　若き日の過ち見ているようだ

わが君と愛しき猫の熟睡《うまい》せる　ソファのあたりのまろき幸福

この人を忘れてしまう日が来るのか　いつか私でなくなる時が

# 解説　まっすぐに届く声

永田和宏

池田理代子さんは、時々世間を驚かせる。

平成七年（一九九五年）、突如東京音楽大学声楽科に入学すると発表されたときは、あっと驚いたものだ。何と言っても、わが国の漫画、劇画界の第一人者、世界に知られる『ベルサイユのばら』、〈ベルばら〉の作者である。漫画家として絶頂期にあるときに、なぜ、漫画を描くことを一時中断してまで、声楽家を志すのか。いわゆる「名声」を勘定に入れるならば、なんてもったいないことをと思うのが大方の思いであっただろう。しかし、池田さんは敢然と難しい受験に挑戦し、見事合格し、「47歳の音大生」として学校に通った。

池田さんによると、子供の頃からクラシックの音楽を正式に勉強したいというのが夢だったそうだ。しかしクラシックでは食べていけないと悩みつつ、哲学科の学生として学生生活を続けるうちに、漫画家としての才能が花開いたわけである。単に花開いたというようなものではなく、〈ベルばら〉だけで単行本が二〇〇〇万部を突破したというのだからとんでもない話で、普通なら、かつての夢は、美しい夢としてひそかに持ちながら、いま現在の地位にとどまり、トップアーティストの道を邁進《まいしん》するはずである。

ところがそれらの栄光のすべてを振り捨てるかのように、一学生としての歩みを始め、オペラ歌手としてのデビューまで果たしてしまう。「やり残したことをやりたい」というのは彼女の言葉だが、現在の自分の位置からくる見栄や、漫画を中断することによる経済的損失などの打算に縛られることなく、自分に正直にやりたいことを貫く、そんなまっすぐな池田理代子という人間の本質が垣間見えるような快挙でもあった。

本書は、そんな池田さんのまた新たな挑戦の果実である。「エッ、池田理代子が今度は、短歌?」と大方の読者は驚くだろうが、これも中学生のときに歌を作り、のち歌誌「心の花」にも所属していたことがあるという。本書にも記されているように、幼い頃からとにかく「ものを書く」ことが好きだったのだ。本格的に作歌に集中し始めたのはこの十年ほどであろうが、若い頃から少しずつ作ってきた作品も含めて、今回こうして一冊の歌集にまとめるところまできた。これもまた快挙である。

しかも、それが功成り名を遂げた人の手すさびの域を超えていることを、まずはっきりさせておかねばならない。一冊は池田理代子の生涯を振り返るような趣を持っているが、そのなかで強く印象されるのは、あくまで自分に正直に、その時々の自分を鮮やかに描き出しているところであろう。

ここまで正直に書くかと思うところが何か所もあった。この人はなんてまっすぐな人なんだと思うとともに、池田理代子という人の童女性ということを頻《しき》りに思ったことだった。池田理代子は、童女のように好奇心が強く、少女のような行動力を持っている。

本の内容に入る前に、少し私自身の話をさせていただく。いったい池田さんとどういう接点があったのか、ということである。

二十五年余り前のことになる。国際学会にドイツへ呼ばれ、久しぶりに妻の河野裕子と娘の永田紅《こう》を伴って、ミュンヘンに行ったことがあった。学会ののち、レーゲンスブルクの小さな町に足をのばし、二日ほど滞在した。ミュンヘンからは鉄道で二時間程の小さな町である。なぜレーゲンスブルクか。

池田理代子ファンならすぐピンとくるだろうが、池田さんの代表作の一つ、『オルフェウスの窓』の物語の始まる舞台がレーゲンスブルクなのである。わが家は娘が『オルフェウスの窓』の愛読者、大ファンなのであった。

ミュンヘンと聞いて、紅がレーゲンスブルク行きを提案し、ノリのいい家族はすぐに賛成してしまった。四巻本になった愛蔵版の第一巻を抱え、小さな町を三人で歩く。「あッ、この塔見たことある」と娘がすぐに本を開く。物語だけでなく、どうやらそのなかの風景まで、娘の頭のなかには記憶されているらしい。ページを開くとまさにその塔が描かれていて、家族三人が声をあげる。三人ともそんな小さな発見に興奮しつつ、ずいぶん町を歩きまわった。もちろん〈オルフェウスの窓〉もしっかり「見つけた」のは言うまでもない。

こんな他愛もない話を、レーゲンスブルク大学のドイツ人の友人に話したら、ぜひその漫画を送ってくれという。読めないのはわかっていたのだが、こちらも物好きと言うか、四巻本を買って彼に送ってやった。それから数か月が経った頃だろうか、彼からレーゲンスブルクの新聞が送られてきた。なんと一面全部を使って、『オルフェウスの窓』の特集記事が載っていたのである。どうやら彼が新聞社に持ち込み、それをおもしろいと思って特集にしたらしいが、考えてみれば、生命科学の教授が自分でも読めない日本の漫画を新聞社に紹介するなど、なんとも不思議な光景である。

後日、その新聞を池田さんにお送りしたのが、私が池田さんと知り合うきっかけとなった。件《くだん》の友人に感謝すべきであろう。

本書は、池田さんの第一歌集である。まずそのタイトルからして驚かされるのではないだろうか。『寂しき骨』。

初めての歌集。普通ならもう少しロマンのある華やかなタイトルにするだろう。なぜ、そんな身も蓋もないような歌集名になったのか。それは第一章「父と戦争」を読めば納得できる。

　　明日香の地に寂しく白き骨となりし　父に朝夕母校の鐘は

「父と戦争」では、若い頃には戦争に行ったというだけで遠ざけてしまっていた父への感情が語られ、それは「南方のいずれの島とも聞かざりき　若くとがりし娘にてありけり」とも詠《うた》われる。やがてそんな反発は、にもかかわらず、生きて帰って来てくれた父への感謝の思いに変わってゆく。戦い、負傷し、マラリアに罹《かか》って眼《がん》窩《か》の骨を削るような手術までして、捕虜となり、母国の土を踏む。その父の耐え忍んだ日々があったからこそ、母と結婚し、自らがあった。

　父と娘との確執も強かったようだが、最終的に池田理代子にとって父は、「父の他に男はないと分かっていた　ほかの男は息子にすぎぬ」という存在なのであった。

そんな父を最後に看取る場面は、読者をしんと深い思いに連れてゆく。

母も、一番父を愛していた妹も間に合わなかったのに、一番親不孝だった私が看取ることになるとは、思いもかけなかった。

そのことを、私は今でも父に感謝している。

こんな思いの吐露のあとに、次のような歌が載せられる。

会話なき病室に夕翳《かげ》り来て　確かに聞いた「お前が娘でよかった」

「母さんを頼む」と洒落《しゃれ》たことを言う　「おう、任せとけ」と私も応じる

精一杯の空《から》元気を出して「おう、任せとけ」と応じる娘の心を、父はきっとわかっていた筈である。反発もしていた娘に、「お前が娘でよかった」と言って死ねる

親は、幸せだとも言えよう。じめじめはしないが、父と娘の少し突っ張った別れとして感動的である。

歌集『寂しき骨』は、各章がほぼ池田理代子の人生の時間軸に沿ったように並べられているが、それぞれが読み切りの小さな物語のような構成になっている。歌があり、その背景となるような作者の経験が、心の深い部分を丹念に掘ってゆくような文章で語られる。文章は短いがそれぞれに味があり、なんでこんなに率直に自分を出してしまうんだと切なくなるほどに、飾らぬ文体のなかに、実寸の作者像が描き出される。まさに歌と文章が一体となった歌文集という趣である。

一つ一つを辿《たど》ることは、読者の楽しみを削ぐことになり控えるべきだろうが、女性の文章にありがちな嫋《じょうじょう》嫋とした思わせぶりがないのも心地よいし、逆に啖呵《たんか》を切ったかのような男っぽい悪態そのものも、いかにも様になっていて格好いいのである。

内容には立ち入らないと言いながら恐縮だが、ひとつことだけには触れておきたい。「老いと向き合って」から、「若者たち」「初恋の頃」「猫を看取る」と続く四章は、すべて最終章「最後の恋」に収斂《しゅうれん》してゆく章であったことが、最終章を読み終えたあと、静かに納得される思いがするのである。思い切って言えば、この一冊の歌集は、その最終章を書くための一巻であったのかもしれないとさえ思ってしまうのである。

「彼と出会ったのは、私が六十歳の時、オペラの稽古場でだった」で始まる最終章。二十五歳も歳《とし》の離れた恋人との出会い。離れていようとしながら遂に離れることができなかった恋の顚末が、ヴィヴィッドに切なく語られる。

「人の苦しみも知らず、二十五年ものんきに遅れて来やがって！」と悪態を吐《つ》かねばならないほどの苦しみの果てに得た〈最後の恋〉。そんな「地獄のような苦しみ」を乗り越えた果てに得た二人の現在を、歌と文章から知るとき、読者は、他人事ながらほのぼのと暖かい気分にひたされることになるだろう。

この人をいつ手放そか曼殊沙華　風に揺れても屹立してる

それでもなお、こんな葛藤に常時揺れ、厳しく自分を問い詰めながらの生活であったのであろう。十二年という、ともにあった歳月を思いながら作られた歌群は、この歌集でも白眉である。そのどれにも池田理代子の詠わずにはいられない声があり、描き出される恋人とのさまざまの距離がある。そんな揺れに揺れた時間のなかで、まさに歌集の巻末に次の一首が置かれている意味は大きい。

この人を忘れてしまう日が来るのか　いつか私でなくなる時が

この人を忘れる日は、それは自分が自分でなくなる日だと詠う。それはすなわち、私が私で居られるあいだは、決してあなたを忘れない、あなたから離れることはないといった予感であり、また自信でもあろう。この一首に、大きな喜びと切なさと共感を感じない読者はいない筈である。

（歌人・ＪＴ生命誌研究館館長・京都大学名誉教授）

# 謝辞

高校を卒業する時に、恩師から次のような言葉を頂いた。『恐るべき Maturität（成熟）と、うそ寒くなるような Kinderei（子供っぽさ）』。

このMaturität の方は、生きていくうえで何がしかの役に立ったやも知れないが、うそ寒くなるような Kinderei の方は、未だに自分でもよく理解できぬまま、多分多くの周囲の人に迷惑をかけて生きてきたのだろう。それが、私の詠む歌にも表れているやも知れない。

本書の発刊に当たって、こんな私と気長にお付き合いくださった集英社の栗原佳子さん、そして、歌集発行のご相談に最初に乗って下さり色々とお手配を下さった有馬弥生さん、歌人としては名もなき存在である私の歌集の発行を後押ししてくださった集英社の方々、『心の花』同人時代に、ご多忙な中を直接お時間を作って下さり歌のご指導を頂いた佐佐木幸綱先生、恐れ多くもこのような私の歌を親身にご指導下さり、巻末の解説までも快く寄せて下さった永田和宏先生に、心からの語りつくせぬお礼を申し上げます。また、これを出さねば死ぬに死ねない、というような、ある種の切羽詰まった気持ちでこの度の発刊にまで漕ぎつける間、多くの励ましを下さった周囲の方々に、厚い謝意をお伝えしたく存じます。本当に有難うございました。

二〇二〇年十月十八日　　熱海にて　　池田理代子

池田理代子（いけだ・りよこ）

漫画家、声楽家。一九四七年大阪府生まれ。東京教育大学（現・筑波大学）在学中の六七年に「バラ屋敷の少女」でデビュー。七二年に連載を開始した『ベルサイユのばら』が空前の人気を博す。八〇年『オルフェウスの窓』で日本漫画家協会賞優秀賞を受賞。九五年、四七歳で東京音楽大学声楽科に入学。卒業後はソプラノ歌手として舞台に立ち、オペラの演出も手掛ける。二〇〇九年、フランス政府からレジオン・ドヌール勲章を授与される。「塔」短歌会会員。二〇一七年より熱海在住。

装幀　高橋健二・目﨑羽衣（テラエンジン）
写真　栗栖誠紀

# 池田理代子《いけだりよこ》第一歌集《だいいちかしゅう》　寂《さび》しき骨《ほね》

二〇二〇年一一月三〇日　第一刷発行
二〇二四年一〇月一四日　第二刷発行

著　者　池田理代子《いけだりよこ》

発行者　樋口尚也
発行所　株式会社 集英社
〒一〇一-八〇五〇　東京都千代田区一ツ橋二-五-一〇
☎〇三-三二三〇-六一〇〇（編集部）
三二三〇-六〇八〇（読者係）
三二三〇-六三九三（販売部）書店専用

印刷所　大日本印刷株式会社
製本所　ナショナル製本協同組合


ISBN978-4-08-775451-3 C0092
定価はカバーに表示してあります。